入沢康夫 序文

土曜社

Лилик

Пишу тебе сейчас потому что при Коле
я не мог тебе ответить. Я должен тебе
написать это сейчас же, чтоб моя радость
не помешала бы мне дальше вообще что
либо понимать

Твое письмо дает мне надежды на кото-
рые я ни в каком случае не смею рассчитывать,
и рассчитывать не хочу, так как всякий
расчет построенный на старом твоем отношении
ко мне — не верен. Новое же отношение ко
мне может создаться только после того как ты
теперешнего меня узнаешь.

Мои письмишки к тебе тоже не должны и
не могут браться тобой в расчет — т.к. я должен
и могу иметь какие бы то ни было решения
о нашей жизни (если такая будет) только к 28-му.
Это абсолютно верно — т.к. если б я имел право и
возможность решать что нибудь окончательно
о жизни сию минуту, если б я мог в твоих
глазах ручаться за правильность — ты спросила бы
меня сегодня и сегодня же дала б ответ. И уже
через минуту я был бы счастливым человеком.
Если у меня уничтожится эта мысль я потеряю
всякую силу и всю веру в необходимость пережить
весь мой ужас.

Я с мальчишеским, лирическим бешенством
ухватился за твое письмо.

Но ты должна знать что ты познакомишься
28 с совершенно новым для тебя человеком
Все что будет между тобою и им нач-
нет слагаться не из прошедших теорий а
из поступков с 28 февраля, из „дел" твоих

マヤコフスキー

小笠原豊樹　訳

入沢康夫　序文

ズボンをはいた雲

土曜社刊

Облако в штанах

В. Маяковского

マヤコフスキー『ズボンをはいた雲』讃

入沢康夫

かれこれ六十年も昔のことである。詩らしいものを書き始めてまだそんなに経っていないころだったが、小笠原豊樹訳『マヤコフスキー詩集』（一九五二年彰考書院刊）を何気なく手にし、その巻頭に収録されていた長詩『ズボンをはいた雲』から激烈な衝撃をうけた。マヤコフスキーが、二十世紀初頭の「ソ連邦」の代表的詩人であることは、うすうす聞き知っていたし、ごく断片的に紹介されるその詩句からは、自分とはだいぶ手法のちがう、何となく、「ぎすぎすした筋金入りの社会参画の詩人」だろうくらいに想像していた。

ところが、小笠原訳で目の前に現れた『ズボンをはいた雲』は、私のささやかな先入見を微塵に打ち砕き、底知れぬ魅惑の力で、次へ次へと行を追わせたのだ。

二十世紀の詩は、こうでなくちゃいけない。そういう作品として当時の私の前にあったのは、たとえばエリオットの『荒地』だったが、そこに『ズボンをはいた雲』が、加わった。両者を通じて、私が注目したのは、場面転換の極度の自由さ、諧謔と悲哀の勁《つよ》さの見事なバランスで、これは、我が国の先輩詩人では、西脇順三郎に、辛うじて見られるものだった。

エリオットの『荒地』とマヤコフスキーの『ズボンをはいた雲』、この二つのおよそ傾向を異にする長篇詩を何度も何度も読み返し、しゃぶり尽くすところから、私の詩的姿勢は決まったと思う。そして、その「読み返し」、その「しゃぶり尽くし」は、いまだに継続中でもあるが……。

*

私は詩論は苦手なので、『ズボンをはいた雲』について、ここで詳しく紹介もしくは論評することはできない。むしろ、その昔の私と同じように、ほとんど予備知識なしに、直接(今度の新しい小笠原訳で)に対面なさることを、特に、若い詩人諸君に御奨めしたい。

以下には、私と『ズボンをはいた雲』の《縁《えにし》》をあかす旧作を再録して、ご笑覧に供しよう。

一九五八年というから、私が第二詩集『夏至の火』(書肆ユリイカ)を出した年だが、「ソ連邦」から《親善使節》として国立ボリショイサーカス団が初来日して、約一ヶ月の公演を行なった。ユリイカの伊達得夫さんにすすめられて、見物に出掛け、帰宅するとすぐ次のような詩を書いた。

ズボンをはいた熊

――マヤコフスキーの祖国から来た彼らに

この話はあったことだ　東京であったことだ

眠っているぼくの胸の奥底　昼間血みどろの心臓があったあたりに　ごらん　十数匹の熊が現れ　後肢で器用に立っている

眠っているぼくの内部　星だにのくっついた巨きな耳の

マヤコフスキー『ズボンをはいた雲』讃

ある宇宙がころがっていたはずの場所　そこに遠来のサーカスがかかり　ぼくの肋骨には観客がすずなりだ　病院のようにやみついた男ども　諺のように使い古された女ども　虱よりもみじめな！

このすずなりの観客たち　その中に　また一人のぼくが坐っていて　やはり眠っている

この眠るぼくのそのまた内部の空間を　沢山の蜘蛛の糸に吊るされてギリシア彫刻が二つ三つ　ゆっくりとおりて来る　それをとりまく幾層もの観客席　これがまた超満員だ　子供ら　餓えた眼を大きく開いた子供らで

子供らのおのおのの胸の中にある空洞　それをライトが

照す　中央に美しいリンクが浮き上り　そこで子供らは
サーカスをする　すると　ものすごい拍手だ　ズボンを
はいた熊たち　それから駱駝たちで超満員の　観客席か
ら

いけない！　何もかもが急にゆれはじめた
何もかもが崩れおちる
ママ！　たすけて！

涙でいっぱいの眼を樽ほどにみはって見ると熊たちの拳
闘は終っていた　道化師の淋しい背中　げらげら笑い
いななくシャンデリヤ　そして　拍手波うつサーカスの
観客席の片すみに　ぼくはやっぱり坐っている

（初出「ユリイカ」一九五八年八月号）

この詩には、『ズボンをはいた雲』(旧訳)の詩句が、十数箇所ちりばめてある。悪ふざけと言われるかも知れないが、作者としては、けっしてそれだけではない積りだった。

ズボンをはいた雲

四畳み聖像

きみらが考えること、
ふやけた脳味噌でぼんやり考えること、
垢じみたソファで寝てる脂肪太りの召使にも似たそいつを、
ぼくは焦《じ》らしてやる、心臓の血みどろの襤褸《ぼろ》にぶつけて。
飽きるまで嘲り蹴ってやる、鉄面皮に、辛辣に。

ぼくの精神には一筋の白髪もないし、
年寄りにありがちな優しさもない！

声の力で世界を完膚なきまでに破壊して、
ぼくは進む、美男子で
二十二歳。

優しい人たちよ！
あんた方が大好きなのはヴァイオリンだ。
ティンパニが好きなのは乱暴者に決まってら。
でも、ぼくみたいに自分をくるっと裏返して、
裏表なしの唇ひとつになる芸当は到底できまい！

習いたいなら出てらっしゃい、
バチスト織りの衣装で、客間から、
お上品な天使連盟の役人のかみさん。

その女、こわごわ唇をめくってる、
女中が料理本のページを繰るように。

おのぞみなら、
ぼくは肉欲にとち狂い、
(それから空のように調べを変えて)
おのぞみなら、
非のうちどころなく優しくもなろう、
男どころか、ズボンをはいた雲にでも！

ぼくは信じない、花咲くニースの存在を！
ぼくの賛美をここで再び受けるのは、
病院のように病みついた男ども、
諺《ことわざ》のように擦り切れた女どもだ。

1

これがマラリアのうわごとだって？

これは実話だ、
オデッサでの実話。

「四時に行くわ」とマリヤが言った。

八時。
九時。
十時。

とうとう夕闇さえ
窓から離れて、
不気味な深夜へと帰った。
顔しかめた
師走の夜。

よぼよぼの夜の背中にむかって、笑い、嘶《いなな》く
シャンデリア。

これがぼくだとは、もう見分けがつくまい。
唸ったり
ひきつけたりしてる
筋ばった、でっかいやつ。
こんなでっかい塊が何を欲しがる？

いいや、塊にだって望みはいろいろある！

だってもうどうでもいいんだ、
ぼくが青銅の像だろうと、
心臓が冷たい鉄のきれっぱしだろうと。
夜ともなれば自分の響きを
隠したい、やわらかなもの、
女性的なもののなかに。

だから今、
巨大なぼくは
窓のなかで背中を丸め、
額で窓ガラスを溶かす。
恋人は来るのか来ないのか。

どんな恋人、
大きなのか、ちっぽけなのか。
こんな身体に大きなのが来るものか。
きっと小さな、
おとなしい恋人だ。
自動車のクラクションに飛び退くような。
馬車の鈴の音が大好きな。

いくたびも
顔を雨に、
雨のあばたづらに突っこんで、
ぼくは待つ、
街の大波の轟きを浴びながら。

真夜中がナイフをふりかざし、
追いつきざま
切りつけた、
くたばれ！

十二時が落ちた、
断頭台から落ちる死刑囚の首のように。

窓ガラスを流れ落ちる灰色の雨のしずくは、
しきりに吠えて、
しかめっつらを積み重ねる。
パリのノートルダム大聖堂の怪獣たちが
吠えるように。

いまいましい女め！
こいつ、これでも不足なのか。
まもなく口は叫びでずたずたに裂けるだろう。

きこえる。
ベッドから降りる病人のように、
しずかに
神経がひとつ飛び下りた。
そして今、
初めはかすかに
うごめいていたが、
やにわに駆けだした、
猛り立って、
はっきりと。

今はもう、そいつと新たに加わった二匹の神経が
やけになった紅鶸《べにひわ》みたいに駆けまわる。

下の階で漆喰が落ちた。

神経たちは、
大、
小、
無数、
あんまり猛烈に走ったので、
もう
足ががくがくになっている！

夜は部屋中でへどろと化して、

重くなった瞼はへどろから抜け出せない。
ドアたちが突然がたがた言い始めた。
ホテルも恐怖のあまり、
歯の根が合わないのか。

きみが入って来た、
「ほらよ」と言わんばかりに粗暴に。
羚羊《かもしか》の手袋を苛《いじ》めながら
言った。
「あのね、
私、お嫁に行くの」

そうかい、行きなさい。

なんでもない。
我慢するさ。
ごらんなさい、落ち着いてるだろう。
まるで死人の
脈だ。

おぼえてますか。
あなたは言った。
「ジャック・ロンドン。
お金。
恋愛。
情熱」
だがぼくがわかったのは一つだけ、
あなたはジョコンダだ、

盗まれるさだめの！

だから盗まれたんだ。

恋するぼくはもういちど博打《ばくち》を打ちに行こう、
眉の曲線を炎で照らしながら。
かまうもんか！
焼けおちた家にだって
時には宿なしの浮浪者が住むだろう！

それは、からかってるのか。
「乞食の小銭より少ないわ、
あなたの狂気のエメラルドは」
おぼえておきなさい！

ポンペイが滅びたのは、
ヴェスヴィオを怒らせたからだ！

おおい！
みなさん！
賽銭泥棒が、
頭脳犯罪が、
人間虐殺が
大好きな人たちよ、
これより恐ろしいものを
見たことがありますかね、
ぼくが
泰然自若たるときの
ぼくの顔

より恐ろしいものを？

そしてぼくは感じる、
「ぼく」は、ぼくには狭苦しいと。
何者かがぼくの中からしつっこく出て行こうとする。

Allo《アロー》！
どなた？
ママ？
ママ！
息子さんはすてきな病人です！
ママ！
息子さんの心臓が火事なんだ。
知らせてください、姉の、リューダとオーリャに、この子はもう行きどころがないって。
焼けただれた口でこの子が吐き出す
言葉の一つ一つは、
冗談でさえ、
そいつが飛び出すさまは、裸の売春婦が
燃える女郎屋から飛び出すのにさも似たり。

みんな匂いを嗅いでる。
「なんだか焼肉臭くないか！」
どこやらの連中が駆り出されてきた。
ぴかぴか光る連中！
ヘルメットをかぶって！
ブーツじゃ駄目だぜ！
連絡を頼みます、消防のみなさんに。

燃える心臓を撫でるように這ってるやつがいる。
余人ならぬ、このぼくだ。
涙を満載したまなこを樽の大きさにまでぼくは見張る。
肋骨に寄りかからせろ。
飛び下りるぞ！　飛び下りるぞ！　飛び下りるぞ！　飛び下りるぞ！
肋骨が崩れた。
むりだ、心臓から飛び下りるのは！

焼けただれた顔の
唇の割れ目から、
炭化したキスが伸びて躍り出た。

ママ！
ぼく歌えない。

胸の教会じゃ聖歌隊の席が満員だから！

黒焦げの言葉や数字のかたちが、
頭蓋骨から逃げて行く。
燃える建物から子供らが逃げるように。
かくも激しく、
天を摑もうとして、
ルシタニア号の燃える腕々が差し伸べられる。

住居の静かさのなかで
震えてる人たちのもとへ、
百眼の夕焼けが波止場から走る。
最後の叫び声は――
「せめてあと数百年、呻きつづけろ、

胸の火事のことを！」

2

ぼくを褒めたたえるがいい！
お偉方には及びもつかないが。
なべてつくられたものの上に、
ぼくはnihil《ニヒル》を置くのだ。

いちども、
なんにも読みたかあない。
本？
本がどうしたって？

かつてぼくは思っていた。
本はこうして作られると。
詩人がひとりやって来て、
苦もなく口を開く、
と、たちまちお人好しの意気揚々たる歌が始まる。
とんでもない！
事実はこうだ。
歌が始まる前に、あいつら、
足を肉刺《まめ》だらけにして永いこと歩き回り、
心臓のへどろのなかでは、
愚かな赤腹が弱々しくもがく。
脚韻を軋ませながら、あいつらが
恋と鶯で何やらスープらしきものを煮え立たせる一方、
舌なしの町は身をよじる、

叫ぶべき語るべき言葉を持たぬ町は。

町々のバベルの塔を
ぼくらは再び誇らしく築き上げるが、
神は
町を荒廃させ
耕地へと変える、
ことばを混乱させて。

町の通りは黙って苦しみを引きずった。
叫びが喉元に突っ立っていた。
ぶくぶくのtaxi《タクシー》や、骨ばった一頭立て馬車が
喉にひっかかりながら四方に散った。
胸は土足で踏みにじられた。

肺病の胸よりぺしゃんこになるまで。

町は道路を闇に閉ざした。

そして教会の表門が
(にもかかわらず!)
喉元に迫る群衆を突きのけ、
広場に吐き出したとき、
ぼくは思った、
首天使の聖歌《コラール》に乗って
身ぐるみ盗まれた神が仕返しに来る!

町はしゃがんで喚《おめ》きだした、
「めし食いに行こうぜ!」

こけおどしの眉をゆがめて
町に化粧してやる大小のクルップたち。
口の中では、
死んだ言葉の屍が分解し、
脂ぎって生きながらえたのはただの二人、
「悪党」と、
もうひとり、なんとかいった、
確か「ボルシチ」だ。

詩人たちは
しゃくりあげ、むせび泣きながら、
髪ふりみだして町から逃げ出した。
「こんな二つの言葉では歌いきれませぬ。

乙女も、
恋も、
露に濡れた花々も」

詩人たちにつづいて、
何千人もの町の人たち。
学生、
売春婦、
請負人。

みんなあ！
待ってくれ！
きみらは乞食じゃない、
物乞いはやめるんだ！

ひとまたぎ二メートルの
頑丈なぼくらだから、
服従ではなく、八つ裂きにするんだ、
あいつらを、
ひとつびとつのダブルベッドに
何かのおまけみたいにしがみついてるあいつらを！

「援助お願いします！」などと、あいつらに
おとなしく憐れみを乞うのか。
賛美歌を、
オラトリオを歌うのか。
燃えさかる賛美歌とはすなわち工場や実験室の騒音で、
そのなかで創造する者とはぼくらのことだ。

お伽話のロケットでメフィストフェレスとつるんで、
天空の寄木細工を滑りまわる
ファウストなんかに用はない！
ぼくの長靴の釘一本のほうが、
間違いなく
ゲーテの幻想劇よりよっぽど恐ろしい！

ぼくはひとつびとつの言葉で、
魂を新たに生み出し、
身体に洗礼をほどこすが、
そのぼくが
弁舌もさわやかに
きみらに語ろう。

生き物の細かい塵ひとつが
ぼくの過去や未来の仕事より価値が高いのだと！

聴け！
呻きつつ、狙い定めて
説教する
大音声の今様ツァラツストラ！
ぼくら、
面《つら》は寝ぼけたシーツ、
唇はシャンデリアみたいに垂れ下がった
ぼくら、
黄金と汚物が癩をますます悪化させる
「都市」という名の癩病院に住む懲役人ども、
ぼくらは無数の海と太陽に一時《いちどき》に洗われた

ヴェネツィアの紺青以上に清く美しい!

ホメロスやオヴィディウスに、
ぼくらみたいな
煤っけた菊面《あばたづら》がいないからとて
気にするにはあたらないぞ。
誓って言うが、
ぼくらの魂の砂金をひとめ見りゃあ
日輪でさえが色褪せる!

血管と筋肉は祈りの文句よりあてになる。
ぼくらが時代にお慈悲を願う柄か!
ぼくらは
(だれだって)

この掌のなかに
世界の伝動ベルトを握ってる！

ペトログラード、モスクワ、オデッサ、キエフの
それぞれのゴルゴタの丘の群衆はこの言葉を聞き、
ひとりとして
叫ばぬ者はなかった。
「十字架にかけろ、
この男を十字架に！」

でもぼくには、
みんなが
（侮辱したやつでさえ）
だれよりも大事で近しいひとたちだ。

見たことがありますか、
殴る人間の手を犬がぺろぺろ舐めるのを?!

のっぽで、
助平な笑い話みたいなやつだと、
今日の種族にあざ笑われる
このぼくには、
だれにも見えない「時」が、
山を越えてくる、その姿が見える。

飢えた烏合の衆の頭領《かしら》が
みんなの視線を短く断ち切るとき、
革命の茨の冠をかぶって、

一九一六年が近づく。

ぼくらはきみらのそばにいて、その前ぶれだ。
苦痛のある所なら、どこにでもいるぼくだから。
涙の流れのひとしずくごとに、
われとわが身を十字架にかけたのだ。
もはや許せることは一つもなくなった。
ぼくは優しさの育《はぐく》まれた所で魂を焼き払った。
これは百万のバスチーユを奪取するより
はるかにむずかしい!

こうして
その到来を反乱で触れまわりながら、
きみらが救世主のもとに馳せ参ずるとき、

ぼくはきみらのために
自分の魂を摑みだし、
偉大な魂とするために
踏みにじる！
そしてその血染めのやつを旗印に捧げよう。

3

ああ、どうしてだろう、
なぜだろう、
明るい楽しさのなかへ
汚れた大きな拳を振り上げるのは！

ぽっかり現れて、

頭を絶望の幕で包むのは
癲狂院から離れられぬ心だ。

すると、
戦艦沈没のとき、
呼吸困難で痙攣が起こり、
開いたハッチから跳び出すように、
自分の
叫びが出るまでに裂けた片目を通り抜けて、
狂ったブルリュックが這って来る。
涙の出つくした瞼をほとんど血に染めて、
這い出ると、
立ち上がり、
歩き始めた

と思うと、脂ぎった男には思いがけぬ優しさで
だしぬけに言った。
「いいなあ！」

いいなあ、黄色いルバシュカでくるんで、
検査のとき、心を見せないのは！
いいなあ、
断頭台の歯のなかに投げ込まれて、
「ヴァン・フーテンのココアをお飲みなさい」と、
わめくのは！

この瞬間、
ベンガル花火の
鳴りわたる瞬間は、

なにものにも換えがたい、
なにものにも……

葉巻の煙のなかから、
リキュール・グラスみたいな
セヴェリャーニンの酔いどれ面がぬっと伸びた。

よくもあなたはみずから詩人と称し、
鶉《うずら》みたいに月並みに囀る！
今日
しなければならないのは
棍棒による
頭蓋の中の世界の裁断だ！

あんた方の不安は
ひとつだけだが
(私のダンスは礼儀に適《かな》ってるかしら)
みなさい、このぼくの憂さ晴らしを。
ぼくは
品性下劣な
淫売のひも、トランプのいかさま師だよ!

恋に濡れそぼれた
あんた方からは
何世紀も涙が流れつづけたが、
ぼくはあんた方から離れて、
出て行くんだ。
太陽を片眼鏡《モノクル》代用に、

かっと見開いた片目にあてがって。

見違えるほどお洒落して、
恋をしに、身体を燃やしに、
地上を歩くんだ。
前を行くのは
鎖につないだナポレオン、狆《ちん》みたいにお供させる。

地球全体、女みたいに横になり、
肉をもぞもぞさせて身を任す。
物たちさえも活気づいて、
くちびるを動かし、
歯をせせりだす。
「シーハー、シーハー、シーハー！」

突然、
雷雲その他
もろもろの雲々が
天界に思いもよらぬ振動を巻き起こした。
あたかも激昂した白系の労働者が
憎しみのストライキを天に向かって宣言したかのごとく。

黒雲の蔭から荒々しく雷が出て来て、
大きな鼻の穴から気短に洟をかんだ。
すると瞬間、天の顔は
鉄血ビスマルクの厳しいしかめっ面に歪んだ。

そしてだれかが

雲の枷に足をとられて、
喫茶店に腕をさしのべた。
なんだか女のようでもあり、
優しそうでもあり、
大砲の架台のようでもある。

これは日の光が
しめやかに、
喫茶店の頬を撫でている図なのか。
いいや、こいつあ反乱者の銃殺に、
ガリフェ将軍の再来だぜ！

遊び人どもあズボンから手を出せやい、
石っころかナイフか爆弾を摑むんだ。

手のない野郎もいっしょに来て、
おでこでいいからぶつかれやい！

進軍だ、腹ぺこのやつらも、
汗だくのやつらも、
蚤だらけのどろどろんなかで酸っぱくなった
おとなしいやつらもよ！

進軍だあ！
月曜火曜を
祭日の血染めに染め上げようぜ！
ナイフを地球に突きつけて思い知らせろ、
見くびった相手が何者だったか！
ロスチャイルドに身をまかした

脂肪太りの
妾《めかけ》地球によ！

一丁前の祭日らしく、
猛烈な射撃のなかで旗をひるがえすにゃ、
街灯の柱どもよ、血まみれの穀物商人の屍を
もっと高く掲げるんだ！

悪態をつき、
哀願し、
どこかのやつのうしろを這って行って、
横っ腹に食いついた。

マルセイエーズのように赤い空では

のたれ死にする日没が震えていた。
もうきちがい沙汰だ。

なんにもやってこないだろう。

夜が来て、
ちょっぴり齧《かじ》ってみてから、
ぜんぶ食い尽くすだろう。

見えるか、
裏切りだらけの星々を掌にすくって、
天が再び内通するのが？

夜が来た。
街の上にどっかと尻をすえて、
ママイ流の酒盛りをやる。
この夜はまなこでは見透かせぬ。
アゼフのように黒い夜！

おれは居酒屋の隅に駆けこんで身を縮め、
魂とテーブルクロスに酒をふりかける。
すると気がつく、
すみっこの聖母《マリア》さまが（目玉はまんまる）
目玉で心臓に食いこんでくる。

どうしてあなたは下手くそな絵でもって
酒場の有象無象に輝きなどお与えになる！

ごらんください、又もや、ひとびとは
唾《つばき》せられたゴルゴタの男に換えて、
バラバスを選ぶのです！

恐らくわたくしは
人間のごたまぜのなかで、
ことさらに新しい顔ではございません。
わたくしは
恐らく
あなたの御子《みこ》たちぜんたいのなかで、
もっとも美しい者でございます。

なにとぞ
喜びのあまり黴の生えたかれらに

時の死をいちはやくお与えくださいまし。
育つべき定めの子供たちが、
男の子は父親になり、
女の子は孕みますように。

新たに生まれ出でた者には
魔法使いの好奇心旺盛な白髪《しらが》をお与えください。
さすればかれらは馳せ参じ、
わたくしの詩の名において
子供たちを祝福いたしましょう。

機械とイギリスを讃えたわたくしめは、
恐らくは、単に、
ごく平凡な聖書のなかの

十三人目の使徒にすぎませぬ。

かくてわたくしの声が
淫らに炸裂すれば、
刻一刻、
まるまる一昼夜にわたり、
恐らくはイエス・キリストが
わが魂の勿忘草《わすれなぐさ》の香を嗅ぎ給う。

4

マリヤ！　マリヤ！　マリヤ！
放せ、マリヤ！
おれは街には、いられないんだ！

いやだと？
頬のえくぼを窪ませ、
いろんなやつの慰みものにされ、
味もそっけもなくなったおれが、
のこのこ現れて、
歯のない口でもぐもぐと、
本日は
「謹啓陳者《のぶれば》……」とやるのを
待ってるのか。

マリヤ、
ごらん、
おれ、もう、腰が曲がり始めてる。

街では、
ひとびとが四階立ての喉袋のなかで脂肪に穴をあけ、
四十年の運搬に擦り切れた
まなこをつっぱり、
おれの歯に
（またか！）
きのうの愛撫のパンがひからびていると
くすくす笑い合う。

雨が歩道いっぱいに涙を流し、
水溜まりに締めつけられたペテン師は、
ずぶ濡れで、石に殺された街の屍を舐める。
白髪の睫毛に
（そうだ！）

つららの睫毛に、
目から涙、
（そう！）
伏せた目の下水道から。

歩行者はすべて雨の面《つら》にしゃぶりつくされ、
馬車のなかでてかてか光るのは脂太りのレスラーたち。
ありったけの金を遣い果して食うものを食い、
やつらが爆《は》ぜると、
割れ目から脂肪がしたたり、
馬車からは濁った河のように
食い残しのコッペパンといっしょに
未消化の古カツレツが流れ出た。

マリヤ！　あいつらの
脂肪太りの耳に優しい言葉を押し込むなんて無理な話だろう。
小鳥は
唄で物乞いする、
飢えても声高く
歌ってる、
でも、おれは人間だ、マリヤ、
肺を患う夜がプレスニャ通りの汚れた手に吐き出した、
単純な男なんだ。

マリヤ、こんな男が欲しいのか。
放せ、マリヤ！
指を戦《おのの》かせておれは呼び鈴の鉄の喉を抑える！

マリヤ！

街の放牧場は凶暴になる。
頸には群衆の爪痕がある。

どけ！

痛え！

見ろ、婦人帽のピンが
目に突き刺さってる！

女は放した。

きみ！
こわがるな、
腹に汗をかいた女どもが、おれの猪首《いくび》に
濡れた山みたいに座っていても。
これはおれが生涯にわたって引きずってるんだ。
何百万もの巨大な純愛と、
何兆もの汚れたちっぽけな愛をね。
こわがるな、
またもや
裏切りの荒れ模様のなかで、
数千の美人におれが言い寄っても。
（マヤコフスキーを愛する女たち！）
だってこれはひとつの王家の歴代の女王たちが
狂った男の心につぎつぎと即位しているのだから。

マリヤ、近《ちこ》う寄れ！

恥知らずの裸ででもいい、
不安に震えながらでもいい、
とにかくきみの唇の枯れることなき魅力をおくれ。
心を持つおれはかつて一度も五月まで生き長らえず、
過ぎし日々には
ただ百度目の四月があるばかり。

マリヤ！
詩人はティアーナに捧げるソネットを歌うが、
おれは
からだぜんたいが肉でできていて、

からだぜんたいが人間なんだ。
きみのからだがただ欲しい。
キリスト教徒が
「われらの日々の糧を
今日も与え給え」と祈るように。

マリヤ、おくれ！

マリヤ！
きみの名前を忘れるのがこわい。
詩人が、夜の苦しみに生まれ出た
つまらぬ言葉を、
神に等しい偉大な言葉を、
忘れるのがこわいのと同じこと。

きみのからだを、
おれは守り、愛するだろう。
戦争でかたわになった
役立たずで
だれのものでもない
兵隊が
たった一本の足を守るように。

マリヤ、
いやなのか?
いやなのか!

はあ!

それならば、再び、
暗く、うなだれて、
おれが心臓を手に取り、
涙をふりかけてから、
汽車に轢かれた足を
巣に
運ぶ
犬ころのように
心臓を運ぶだけだ。

おれが心臓の血で道路を喜ばせると
血は花となって軍服の埃にひっつくだろう。
太陽は千たびもヘロデ王のように

地球のまわりを、
洗礼者ヨハネのまわりを踊るだろう。

そしておれの寿命が、
最期まで踊り尽きるとき、
血のしたたりの跡は数百万となって、
おれのおやじの家まで届くだろう。

おれはどろどろの姿で這い出て
(どぶに寝泊まりしたので)
すぐそばまで行って、
身をかがめ、
やつに耳打ちしてやろう。
——ねえ、神様さん!

あなたよく退屈しませんね、
来る日も来る日も雲のゼリーに
老いぼれまなこを浸していて。
よかったら、御存知、
善悪を知る樹の上で
メリーゴーラウンドをやらかしましょう！

遍在、ということは、どの戸棚にもいらっしゃる、
だから、すげえお神酒《みき》をテーブルに供えます。
しかつめらしい使徒ペテロさんも
キカプを踊りたくなりましょうぜ。
次に天国にゃもう一度イヴちゃんの移民だ。
言いつけて下さりゃあ、
今晩すぐにだって

いちばん綺麗な娘を並木道からかっ攫い、
あんたんとこに引っ張って来ますよ。

いいですか？

いやですかい？

あたまを振ってるのかい、もじゃ髭さん？
白髪の眉をひそめてるのかい？
いったい、あんたは
その
うしろにいる羽生やしたやつが、そもそも
愛とは何か、知ってると思うかい？

おれも天使なんだ、おれもそうだった。
真っ白な子羊みたいに無邪気な目をしてね。
しかしセーヴルの苦しみを練って作った花瓶を、
牝馬どもにくれちまうなあ、もう真っ平だ。
全能のお前は二本の手を考え出し、
ひとりびとりに頭があるように
創ったね。
なんでおめえは考えちゃくれなかったんだ、
苦しみなしに、
キスし、キスし、キスするようにさ？
てめえは全能の大御神《おおみかみ》かと思ったが、
実は無学でちっぽけな小神《こがみ》じゃねえか。
見ろ、おりゃあ身体をかがめて、
長靴の胴皮から

靴ナイフを引き出すんだ。
羽を生やしたろくでなしどもめ！
天国で縮こまってろ！
おったまげて羽毛をぶるぶる震わしやがれ！
おりゃあ香油のしみこんだ貴様を
ここからアラスカまで追い詰めてやる！

放してくれ！

おれをとめないでくれ！
こんな悪態をつく
資格のあるなしは知らないが、
おりゃあもうじっとしちゃいられねえんだ。
見ろ、

またまた星のあたまは切りおとされ、
天は虐殺の血に染められた！

やい、貴様ら！
天よ！
帽子をとれい！
おれさまのお通りだ！

きこえない。

星壁蝨《だに》のくっついた巨きな耳を
足の上にのっけて
宇宙は眠る。

訳者のメモ

訳者のメモ

訳者が初めてマヤコフスキーの作品と遭遇したのは、一九五一年のことだった。実は、その前の年、五〇年には『ズボンをはいた雲』を読み始めていたのだが、このタイトルにくっついている副題の意味がどうしてもわからなかった。ТЕТРАПТИХ。この単語の前半「テトラ」が「四」の意であることは、「テトラポッド」というものをすでに見ていたから、わかったが、わからないのは後半の「プティヒ」。ウシャコフや、ダーリなど、ロシア語の大きな字引を見ても、「テトラ何々」という見出しは五つ六つあって、それらがギリシャ語の由来であることは説明してあったが、「テトラプティヒ」

というのはない。単独で「プティヒ」という項目も、ない。仕方なく、ロシア人の教師に質問すると、白系のS先生は、なになに、マヤコフスキー？　こんなのは詩人とは認められないね。きみはどうしてこんなのを読んでるんだ？と、こちらの聞きたいことには全く答えてもらえない。もう一人のロシア人教師、ソビエトの市民権を取ろうとして、まだ取れずにいたM先生は、たちどころに説明してくれた。これは日本のビョーブみたいなもので、ビョーブよりはよほど小さいけれど、イコンを四枚、繋げて、折り畳み式になってるのさ。へえ、きみはこんなのを読んでるの。私は正直言ってマヤコフスキーはあまり読んでないんだが、なかなか面白そうじゃないか。「プティヒ」の意味を辞書で確認したのは、その後、私の『ズボンをはいた雲』の訳稿を「ちょっと貸してくれ」と言って持ち去り、一週間後にはガリ版刷りの九×十二センチの豆本にして持ってきた級友の、驚くべき友情があり、その豆本を読んだ出版社の社員が、翌五二年の六月に訳詩集『マヤコフスキー詩集』を出版してくれ、その九カ月後にはスターリンが死亡し……等々、時は矢のように飛んで、十数年が更に経過し、一九六五年にオクスフォードから『現代ギリシャ語辞典』が出て、「プティヒ」の英語訳として、fold, pleat などと、M先生が仰った通りの意味が記されていた。

こうして「テトラプティヒ」の意味が判明すれば、この作品が四つの章にわかれていること、それらひとつひとつの部分の主張や叫びが、作者の言う現代芸術のカテヒジス（教義問答）をかたちづくっていることなどが、おのずから知れる。「きみらの愛を（1章）、きみらの芸術を（2章）、きみらの機構を（3章）、きみらの宗教を（4章）倒せ」というカテヒジスは、要するに、きみらの愛や芸術や社会機構は、なっちょらん！　それらを創り、司っているのが、唯一の神ならば、俺はナイフをふりかざして神をアラスカまで追い詰めてやる！　という若いマヤコフスキーの大声の啖呵であって、極東の昭和時代の曖昧で中途半端な無神論者だった訳者は、たちまち魅入られてしまった。全く、こういうものは空前絶後というか、一九一五年当時の「二十二歳の美男子」マヤコフスキーにのみ発生した一種の奇跡みたいな現象で、それ以前には決してなかったし、それ以後の二十世紀が二十一世紀に変っても、当分はあり得ないのではあるまいか。マヤコフスキー自身、そんなふうに思っていたふしがある。『ズボンをはいた雲』を執筆中の或る日のこと、汽車のなかで同じコンパートメントに乗り合せた婦人と文学談義が始まり、未来派の奇矯な振る舞いや奇抜な服装が世間の話の種になっていた頃だから、その婦人も何かそのあたりのことを持ち出したのかもしれない、マヤコフスキー青年は俄然、猛烈な自己弁護を始めた。……顔に絵を描いたり、女物のブラウスを着たりして、ふざけた連中だとお思いかもしれませんが、わたしはあくまでも自分はまじめな人間だと思っています。おのぞみなら、肉欲にとち狂いもしますが、もしもおのぞみなら非のうちどころなく優しい男になれます。男どころか、ズボンをはいた雲にでもなれるんです！（ここのところはほとんどそのまま、プロローグの詩行に用いられた）。だが、マヤコフスキーは、しまったと内心叫んだ。ズボンをはいた雲という言い回しは、本が出るまでは秘密にしておかなきゃならないんだ。凄いイメージを惹起するこの言い回しを、もしもこの婦人が気に入って、ともだちに喋り散らしたり、あるいは自分の作品のなかで用いたりしたら、俺の本が出るときには俺の言葉の新鮮味は大打撃を被るだろう。二十世紀の一〇年代に世に送り出され、そのまま新鮮味を失わず、二十一世紀にまで輝き続ける筈だった言葉に、なんという軽率なことを俺は仕出かしたのか。これは、やばい！

そこで、マヤコフスキーは相手の婦人が呆れるほどぺらぺらと全然べつの話を始めた。なんとかして婦人の心から「ズボンをはいた雲」という言葉を追い出したい。ほかにもっと派手で記憶にこびりつきそうな言葉を、婦人の頭脳に叩きこめ！　もっと地味で、全く記憶に残りそうもない大量の言葉を、婦人の記憶に押し込むのも効果的かもしれない。婦人は、味もそっけもない言葉を反射的に記憶から振り落とすのと同時に、肝心の「ズボンをはいた雲」というタイトルが、振り落とされる他の言葉に紛れて失われるのに気付きもしないだろう。とにかく、ここで諦めたら俺の詩人人生はお終いだ。がんばれ、がんばれ！

小一時間、何やら不法投棄を連想させる言葉の浪費はつづいた。あげくに、青年と婦人のどちらかの下車駅に着いて、わかれ際に婦人がもしも一言、「『ズボンをはいた雲』、本が出たら必ず読むわ！」とでも言ったとしたら、詩人は絶望のあまり、本当に自殺していたかもしれない。幸い、不法投棄作戦は成功し、詩人が試しに恐る恐る「ズボン……」とか、「雲が……」とか呟いても、青年の必死の饒舌に記憶を掻き回された婦人はぽかんとしていて、二十世紀最高の詩のタイトルや詩句が損なわれることは回避されたのだった。

『ズボンをはいた雲』は、一九一五年九月に、友人オシップ・ブリークの私家版として世に出た。刷り部数は一〇五〇部。全編大文字のみで綴られた迫力ある字面は、検閲によって八十八行が削除され、そのうちの四十七行は4章の瀆神の場面だった。行の長さは極端にまちまちで、一見全くの無秩序に見えるが、いや、脚韻の踏み方や、行内のリズムに注目するなら、これはロシア古典詩の四行一連を視覚的に自由化したものであって、マヤコフスキーは先輩の詩人ブロークから、ブロークはロシア民謡などから、このような詩法を学んだのだった。すなわち、まず行内のリズムの自由化がブロークによって推進され、その仕事を引き継ぐように、マヤコフスキーが昔の詩学では「不完全脚韻」と呼ばれたものを正面に押し出し、行の切り方を自由化し、やがてはこの二人の行った改革の纏め、あるいは到達点として、あのような階段式の書き方を編み出した。このあたりの多少とも専門的な事柄については、拙著『マヤコフスキー事件』の巻末の「年譜ふうの略伝」でも少しだけ触れたので、興味のある方はごらんになって下さい。

訳註について。これは少なければ少ないほどよろしいと思う。しかしゼロまで持って行くのは明らかに不可能だから、ここでは現在の日本で刊行されている大きめの国語辞典、あるいは人名辞典、地名辞典などで調べのつく人名地名その他は、訳註として取り上げないことにする。この作品の3章では、＊「ヴァン・フーテンのココアをお飲みなさい」――当時の新聞に、一人の死刑囚が処刑の瞬間、残された家族の生活保障のため、ココアを売る会社に依頼されて、そう叫んだという記事が載ったらしい。＊「ママイ流の酒盛り」――タタールの軛などと呼ばれ、十三世紀から十五世紀にかけてのロシアを支配したキプチャク汗国の汗ママイは、捕虜の体を並べてその上に板を敷き詰め、その板の上で酒宴を張ったという。4章では、＊「詩人はティアーナに捧げるソネットを歌うが」――3章に出た詩人セヴェリャーニンには、『ティアーナ』という作品がある。＊「しかつめらしい使徒ペテロさんもキカプを踊りたくなる」――キカプとはロシアに伝わる古い踊り、と、ある註釈書にあるが、どんな踊りなのか、いつ頃からの踊りなのかは、どんな註釈にも書いてない。しかつめらしいペテロも踊りたくなるのなら、さだめし陽気で俗悪な踊りなのだろうと想像するしかない。こんな場合、「しかつめらしいペテロさんも泥鰌掬いを踊りたくなる」と訳す手もあるが……さあ、どんなものだろう。

訳者

二〇一四年四月

著者略歴

Влади́мир Влади́мирович Маяко́вский
ヴラジーミル・マヤコフスキー

ロシア未来派の詩人。1893年、グルジアのバグダジ村に生まれる。1906年、父親が急死し、母親・姉2人とモスクワへ引っ越す。非合法のロシア社会民主労働党（RSDRP）に入党し逮捕3回、のべ11か月間の獄中で詩作を始める。10年釈放、モスクワの美術学校に入学。12年、上級生ダヴィド・ブルリュックらと未来派アンソロジー『社会の趣味を殴る』のマニフェストに参加。14年、第一次世界大戦が勃発し、義勇兵に志願するも、結局ペトログラード陸軍自動車学校の設計士として徴用。戦中に長篇詩『ズボンをはいた雲』『背骨のフルート』を完成させる。17年の十月革命を熱狂的に支持し、内戦の戦況を伝えるプラカードを多数制作する。24年、レーニン死去をうけ、長編哀歌『ヴラジーミル・イリイチ・レーニン』を捧ぐ。25年、世界一周の旅に出るも、パリのホテルで旅費を失い、北米を旅し帰国。スターリン政権に失望を深め、『南京虫』『風呂』で全体主義体制を風刺する。30年4月14日、モスクワ市内の仕事部屋で謎の死を遂げる。翌日プラウダ紙が「これでいわゆる《一巻の終り》／愛のボートは粉々だ、くらしと正面衝突して」との「遺書」を掲載した。

訳者略歴

小笠原 豊樹〈おがさわら・とよき〉ロシア文学研究家、翻訳家。1932年、北海道虻田郡東倶知安村ワッカタサップ番外地（現・京極町）に生まれる。51年、東京外国語大学ロシア語学科在学中にマヤコフスキーの作品と出会い、翌52年『マヤコフスキー詩集』を上梓。56年に岩田宏の筆名で第一詩集『独裁』を発表。66年『岩田宏詩集』で歴程賞受賞。71年に『マヤコフスキーの愛』出版。75年、短篇集『最前線』を発表。露・英・仏の3か国語を操り、『ジャック・プレヴェール詩集』、ナボコフ『四重奏・目』、エレンブルグ『トラストDE』、チェーホフ『かわいい女・犬を連れた奥さん』、ザミャーチン『われら』、マルコム・カウリー『八十路から眺めれば』、スコリャーチン『きみの出番だ、同志モーゼル』など翻訳多数。2013年出版の『マヤコフスキー事件』で読売文学賞受賞。現在、マヤコフスキーの長篇詩・戯曲の新訳を進めている。

マヤコフスキー叢書
ズボンをはいた雲
ずぼん を はいた くも

ヴラジーミル・マヤコフスキー 著

小笠原豊樹 訳
入沢康夫 序文

2014年4月14日　初版第1刷印刷
2014年5月15日　初版第1刷発行
2014年11月17日　初版第2刷発行

発行者 豊田剛
発行所 合同会社土曜社
150-0033
東京都渋谷区猿楽町11-20-305
www.doyosha.com

用紙　竹　　尾
印刷　精　興　社
製本　加藤製本

A Cloud in Trousers
by
Vladimir Mayakovsky

This edition published in Japan
by DOYOSHA in 2014

11-20-305, Sarugaku, Shibuya,
Tokyo 150-0033, JAPAN

ISBN978-4-907511-01-2　C0098
落丁・乱丁本は交換いたします

マヤコフスキー叢書

*

小笠原豊樹訳・予価 952 円〜 1200 円（税別）・全 15 巻

ズボンをはいた雲

悲劇ヴラジーミル・マヤコフスキー

背骨のフルート

戦争と世界

人間

ミステリヤ・ブッフ

一五〇 〇〇〇 〇〇〇

ぼくは愛する

第五インターナショナル

これについて

ヴラジーミル・イリイチ・レーニン

とてもいい！

南京虫

風呂

声を限りに